U0744631

阳
光
文
库

空谷

木耳 —— 著

黄河出版传媒集团
阳光出版社

图书在版编目（CIP）数据

空谷 / 木耳著. -- 银川 : 阳光出版社, 2023.12
（阳光文库）
ISBN 978-7-5525-7219-3

Ⅰ.①空… Ⅱ.①木… Ⅲ.①诗集－中国－当代
Ⅳ.①I227

中国国家版本馆CIP数据核字(2024)第025799号

阳光文库 空谷

木耳 著

责任编辑　陈建琼　丁丽萍　杨　皎
封面设计　晨　皓
责任印制　岳建宁

黄河出版传媒集团
阳　光　出　版　社　出版发行

出 版 人　薛文斌
地　　址　宁夏银川市北京东路139号出版大厦 （750001）
网　　址　http://www.ygchbs.com
网上书店　http://shop129132959.taobao.com
电子信箱　yangguangchubanshe@163.com
邮购电话　0951-5047283
经　　销　全国新华书店
印刷装订　宁夏凤鸣彩印广告有限公司
印刷委托书号　（宁）0028787

开　　本　710 mm×1000 mm　1/16
印　　张　11.5
字　　数　100千字
版　　次　2023年12月第1版
印　　次　2023年12月第1次印刷
书　　号　ISBN 978-7-5525-7219-3
定　　价　42.00元

版权所有　翻印必究

目　录

第一辑　归乡记

月光 / 014

杏花 / 015

家书 / 003

寻 / 016

苋麻湾 / 004

遇 / 017

大湾 / 005

酸刺 / 018

水泉村 / 006

镰刀 / 019

牛营村 / 007

稻草人 / 020

对面梁 / 008

剪 / 021

早市 / 009

前水滩 / 022

九月最后一天 / 010

后滩 / 023

柳家湾 / 011

泥 / 024

碌碡 / 012

马 / 025

院墙 / 013

挂马沟 / 026

井畔沟 / 028

渔祠 / 029

大姐打来电话 / 030

燕子 / 031

上海下雪了 / 032

午后的芦苇 / 034

洪淖池 / 035

洪淖池后半夜 / 036

第二辑　荒草记

秦俑 / 039

陶俑 / 040

荒草记 / 041

桃花扇 / 042

月季 / 043

端午记 / 044

白露，在乡下看戏 / 045

大雪 / 046

夜读西湖 / 047

莲子 / 048

断桥 / 049

平江路纪事 / 050

二泉映月 / 051

夜访南社诗人 / 053

送别 / 054

湘西，湘西 / 055

送寒衣 / 056

京星农场 / 058

燕窝 / 059

燎疳 / 060

寒蝉 / 061

化蝶及其他 / 063

呼救 / 064

草帽歌 / 065

沙渠村的布谷鸟 / 066

牛角峰 / 086

第三辑　足音记

套门沟 / 087

岩羊 / 088

贺兰山 / 069

贺兰山 / 089

贺兰，贺兰 / 070

白羊草 / 090

兔儿坑 / 072

槐花 / 091

行走在高原上的羊 / 073

枯树记 / 092

岩羊 / 074

崖边的枯树 / 093

谷底所见 / 075

在山里，我是迟钝的 / 094

大寺沟 / 076

星辰正从西面的坡上撤退 / 095

野核桃沟 / 077

笔架峰 / 096

水经注 / 078

莲花峰 / 097

桃园记 / 079

问石 / 098

贺兰山野花 / 080

天涯 / 099

地衣 / 081

另一种苍茫 / 100

苔藓 / 082

莲花峰的乌鸦 / 101

黄芩 / 083

风吹石堆 / 102

蒙古野丁香 / 084

风吹高地 / 103

顶羽菊 / 085

英雄 / 105

贺兰山的酸枣熟了 / 106

冬日的戈壁滩 / 107

小白塔下 / 108

石堆里冒出的烟 / 109

摩崖石刻 / 110

人间四月 / 112

月湖亭 / 113

古水关 / 114

牧马人 / 115

远山 / 116

宁夏平原上的日出 / 117

韩美林艺术馆 / 118

谷底 / 119

贺兰山的风 / 120

贺兰山东麓的一个黄昏 / 121

六盘山 / 122

天门洞 / 124

天门山的树 / 125

五更山 / 126

泰山 / 127

我想说的那座山 / 128

第四辑　北地谣

霍去病墓前 / 131

裹伤 / 132

一只来自北魏的蚂蚁 / 133

须弥山博物馆 / 134

过高平 / 135

北地 / 136

画梅 / 137

梅屋记 / 138

长城遗址 / 139

石门关 / 140

骆驼刺 / 141

榆林 / 142

临夏 / 143

夜宿临夏 / 144

陇南 / 145

夜过壶口瀑布 / 146

黄河 / 147

夜游黄河楼 / 148

荷塘 / 149

冬日的荷塘 / 150

腾格里 / 151

送寒衣 / 152

被雕进墙里的青马 / 153

萧关 / 154

扎尕那 / 155

藏兵洞 / 156

朝那湫 / 157

安西王府遗址 / 158

对象 / 159

孔府 / 160

梁山 / 161

聚义堂 / 162

植物 / 163

梁山的兵器 / 164

济水散记 / 165

大地 / 166

南梁农场 / 167

镇北堡 / 169

马缨花 / 170

北塔 / 171

北塔公园 / 172

永清湖 / 174

第一辑 归乡记

家书

从父亲的遗物中
我找到了一张锡箔纸
皱皱巴巴。背面记录着
我在这个城市落脚的地方
湖滨花园 9 号
海宝小区 26 号

父亲很少来城市
也不知道我的确切住址
或许某天,他蹲在老家的墙根下
抽烟。一根接着一根
直到抽空了烟盒

在烟雾里,他抽出锡箔纸,轻轻敷平
然后写,写儿子和小区的名字
认真地写,就像写一封
无法寄出的家书

苋麻湾

村口被拖拉机轧倒的
那株草活过来了
小小身体
又撑过了一个冬天

也许苋麻的意识里
除了繁衍
不知道什么是伤害

直到有人靠近
她才毒毒地
咬了一口春天

大湾

父亲追着契河
我追着父亲

我追不上了，就扯心地喊了一声"大"
于是河水停了下来

我看见父亲，缓缓地回过头来
眼神浑浊，湾道纵横

水泉村

在水泉村，数不清的窑洞
布满了东面的山洼
深邃，温暖，清澈
像众生的眼睛

在水泉村，我分不清
眼眶里返潮的
是泉水，还是泪水

牛营村

我一直没有数过，在牛营村

到底有多少头牛

它们流过多少汗，犁过多少田

就像我，在城市里耕耘

没有人算过：这头牛

走过了多少弯路，误入了多少歧途

至今，我仍然走在低洼处

努力的样子，越来越接近牛营村里的

那群牛

对面梁

父亲在世时，他的对面
是生长荞麦的阳洼
父亲走后，我的对面
是坟地隆起的阴洼

面对父亲，我仿佛一个
懵懂的孩子
焚香，烧纸，磕头

在浮动的尘土中
双手合十。体会一道梁
面对另一道梁时
深藏的敬意

早市

我手提布袋在早市里游荡

乡音一块一块

散发着泥土的芬芳

童年和青年擦肩而过

中年被我攥在手里

皱皱巴巴

菜摊并不长

我却花费了毕生

从北到南挤了个遍

哨声过后

人间恢复了平静

我捡起路边的菜叶

像捡起炊烟

放于布袋

九月最后一天

雨水依然稀少。我和友人在枣树下
讨论雷电、蝴蝶、北方的关系

所幸人间尚有绿意：附在麻绳上的一段
我夏季亲手扶上去的类似喇叭花的藤本植物
在离茶壶不远的半空微微颤动

我知道这种因衰败而起的音符的颤动
正从小小菜园开始
从容纳我们的九月开始

柳家湾

七月，我顺着小溪

曲折地来到了杏花烂漫的地方

老农靠在土墙前

阳光里体会一条河

缓慢经过柳家湾

这是柳家湾的早晨

菜园里没有风

没有机械和汽油

芫荽和虫子安静地成长

在柳家湾，有些事物很难被改变

比如墙根下的狼毒花

每年干枯，每年盛开

碌碡

孤零零的
当年，在村口的烈日下
我也是这样无助

不远处生产队的麦场里
母亲使劲摔打麦穗
碌碡伏在地上
任她抽打

院墙

一截土墙

在老屋不远处

蹲着。就像我的祖父

敦厚，不苟言笑

在沉默中守望

我们的生活

而我只有仰视

才能读出大地的高度

月光

从第一棵杏树

月光就开始了缓慢的渗透

漫过柳家梁的一片胡麻地和母亲的坟头

在接近马圈墙头的木犁时

它突然停住

于是整个村庄连同对岸的狗叫

都被淹没了

有风吹过。母亲坐在屋檐下

杏花，落在她的肩头

在月光中

我开始了阅读

杏花

杏，杏花的杏
念着，念着
树就开口说话了

杏花，一波，又一波
如同东山顶上的朝霞
安静地停泊在沟畔
空怀若谷

——这是整个四月
我最值得背诵的一页

寻

一闲下来，我就去菜地
就像一闲下来，捧起《诗经》

每次翻地，我会勾勒地垄的模样
然后，轻放铁锹，轻放余生
在上面行走。重温
一种田园生活

那时，阡陌交错鸡犬相闻
而我，只是异乡的寻隐者
在湿漉漉的炊烟中
一次次误入歧途
一遍遍月下敲门

遇

那天，隔着春风

我与一树杏花相遇

彼此欣赏，互为表里

尘光中，抚摸果核，拾掇今生

另一个我站在天涯，白发苍苍

酸刺

退出坟地时
酸刺汹涌而至，它们
来自阴洼

先人倒地
我接着倒地，倒在
刚跪过的地方

镰刀

七月，麦穗吐露锋芒
一节一节，刺痛我的哀伤

那时，大病初愈的父亲
常常出现在垄间
他弯腰时的样子
多像镰刀

即使低头
也将钢口紧贴
大地的根部

稻草人

绑在地里的这个人
不卑不亢：像我的父亲
十年前，他被草绳捆绑
埋到了地里

现在，站在我面前的
是他尚未被埋掉的部分

手里空荡荡的
攥着风

剪

母亲走后
我就再没有见过窗花

母亲走了
带走了剪刀

每次想母亲了
我就会去坟地

多带一些纸
让她剪窗花，听她说话

前水滩

马的身后是前水滩

前水滩有开阔的草地

我在这里放牧

或是阅读

阅读的时候

草似乎比以往要多，要密集

密集地向前靠拢

向马驹靠拢，直到淹没

一片枣红

后滩

醉了，最好倒在后滩
像后滩的一摊泥

当时，山雨很急
牛羊开始想家
三三两两，经过后滩，接近村庄
身上披着诗歌，披着花香

在熟悉的气息中
我慢慢迷醉，沉沉睡去
直到身上布满了蹄印
布满了芬芳

泥

在城市的酒肆

我醉如烂泥

有人扶我。灯光下

我们深一脚，浅一脚

缓慢地接近故乡

我心里明白

作为泥巴，我是那堵墙

不可或缺的一部分。即使剥落了

身上仍然残留着

三月的草味

马

春天来了。我注视着
埋头吃草的马
心中莫名地忧伤

失散多年的哥哥啊
我们憋了一个冬天的心里话
还没有来得及说
你却失声了

挂马沟

第一道霞光，穿过挂马沟
穿过密林。接着
第二道，第三道，第四道
许多道霞光
战马一样

驰骋起来。蹄下的风
起于岚，起于露，起于水
鬃毛是某种象征

密林以外更多的树
正被驰骋撼动
也跟着驰骋，跟着
逼近悬崖

在崖边，我无法阻止驰骋
像一棵树

一棵战栗的树

身上布满了风和枣红

井畔沟

那年深夜，我们在井畔沟
围着牛圈土火炉
熬罐罐茶，听白胡子老人讲古今
身后的墙上糊满了干牛粪

墙外雪急。挑水人迟迟不归
一定是迷了路
北风一样
在井畔沟里打转

渔祠

我从午后漫长的阅读中醒来
渔祠的光离开了《史记》对北地的一段记载
从棉被斑驳的采摘现场抽身出去

消失在老牛反刍的芬芳里。恍然间，院落形成了
黑夜前的虚空；而智者的吟诵和卧姿
被屋前那棵茂盛的核桃树无限放大

不远处，陇山渐老，母亲一样臃肿

今夜，在渔祠我只在乎两个女人
一个油灯下剪着窗花；另一个，月色里
手提蕨类，腿上沾满花香

大姐打来电话

大姐打来电话

用砖头手机

在拉砖拖拉机上说

要给姐夫迁坟

她的声音后来低下去

越来越低

直到完全被拖拉机

"吧嗒吧嗒"的声音埋住

燕子

每一次回乡下，燕子总会带一些
虫子、泥土或细草
然后，在别人家的屋檐下
哺育儿女，平静地生活

它一边用唾液修补墙缝
一边喃喃自语
即使寄人篱下
这里也是你的家

上海下雪了

十三年前，望着对面的铁塔

我在夜幕里发呆：

他身后，被油彩涂抹过的

耸立交错的建筑物的玻璃后面

不知道有多少人

微醺中交换意向书、拥抱、一起描绘

一支股票的蓝图

直到后半夜，银币一样的雪花

从外滩的夜空落下

我才慢慢恢复了

一只岩羊记忆中的画面

贺兰山背风处

猎人埋伏在深雾里

埋伏在深雪里

他们分食牛肉干

腰间的银制酒壶

正隐隐泛着

寒气

午后的芦苇

老农说，大门口空地上的那堆芦苇
风干后就是牛羊入冬的草料

午后没有风，整个人间没有风
空荡荡的

只有一个个刀口
齐刷刷地刺向村庄

洪淖池

夕阳里，史册被人翻动
大军，瞬间瓦解，三十万血肉之躯
在北中国，模糊、热烈、饱满

忘记就意味着背叛
史家的忠告一次次
翻过沙丘和无名英雄的墓碑

荞麦地往西九百六十米
瓷碗模样的洪淖池
正为我们酝酿
九月的一场宿醉

洪淖池后半夜

月亮升起来

人声稀薄下去

风在墙根下打转

疆域的形状

在边塞诗人的腹稿中变换

荞麦地可圈、可点

有关战事，这里没有半点风声

而三十万匹战马正踏过北地

蹚过洪淖池

第二辑　荒草记

秦俑

年轻的考古学家
用质地柔软的毛刷
替我小心刷去
脸上浮尘

如果他再仔细一些
就会刷出泪腺
刷出口腔里
被黄土堵住的哭声

陶俑

这是废墟里走出来的
最后一个嫌疑人

泥塑般铁青着脸
刻意回避所有提问

因言获罪、逃跑，抑或叛国……关于他的过往
我们无从知晓

他能撑多久？消瘦的身体，能否经得起
下一场火刑？

他仍然拒绝回答

只是机械地伸出胳膊，伸向
一副事实上并不存在的手铐

荒草记

这些前朝的子民
形容枯槁却举止得体
给北风让道，给战马让道
刀剑劈来也只是
微微侧头，然后轻掸尘土
不慌不忙

我看不清他们的脸
也许还是老样子
屈原一样的焦急、悲愤
还是不愿换下前朝的装束
还是老样子

每次想到这里
我就想哭
这群蒙尘了五千年的人啊

桃花扇

向南，是一条退路
北宋选择了退
男人选择了退

退到了船上。女人们
无路可退，只好退回男人手里
退回桃花扇里
将自己和江山一起折叠
一起隐藏起来

月季

她从来不说话
独自站在风雨中，任凭看客们点评
她是美人，她是失散多年的皇后

作为看客，我不忍心打听她的身世
担心一开口她箭伤复发
淤血淹没了人间

端午记

沿着千古不变的河
一个人走走停停

不知疲倦不知远方
不知身后的端午节

更不知粽子的做法：
芦苇去蒂，糯米适量

果实摆入锅中，压一个盘子
盘子上压一块干净的石头

一块不够
再加一块

白露，在乡下看戏

白露，我和一群农夫

在露天里看戏

秋深，我们入戏更深

在均州的茅舍里

当年的农妇，夜夜纺纱

她前世的负心汉

油灯下苦读

鸡未打鸣，天就亮

箱旁的木囊人

开始拾掇戏装

他翻遍了宋朝的角角落落

终未找到农妇

披在负心汉身上的

那件薄布衫

大雪

小时候，我以为这只是一场戏
台上的人只等一声天哪地哪
就可以谢幕

后来，北方下起了大雪
窦娥跪向台口
痴痴地望着人间

那年，空中落下的
不是幕，是无边的雪

夜读西湖

因风而动，夜幕向西延伸。起初很柔软
接着一阵紧似一阵。被吹动的，还有
雷声和水袖。眼神止于鼓面，只是江山的一种装扮

雨滴古老，像唱词，不紧不慢，
一点一点落在断桥

怀抱油布伞的青衣人自舞台西边入场
跌跌撞撞。 一声锣响，他开始收拾残局
潦草的样子像许仙
像你我的前世

莲子

啊，莲子
啊，莲子
农妇在西湖边叫卖

她的声音
像极了水面，柔软，古老
很快被雷声粉碎

下雨了。篮子里的莲在睡
她的女儿在睡

断桥

对西湖来说，塔是道具，桥是道具

坏了可以修

传说中的蛇

伤感，稀世，易碎

似瓷。江南的青衣人

不谙世事，一走神，敲碎了另一片瓷

平江路纪事

古宅雪白
露出半张书生脸

救命，救命——

在平江路拥挤的人群中
我分明听见
他朝我惊惧地喊

二泉映月

听阿炳拉起二胡

我的眼眶里

蓄满了泉水

阿炳的影子倒映其中

隐隐约约

像他那把

命运多舛的二胡

就是这把木头的二胡

它的两根弦

流干了

阿炳一生的眼泪

阿炳本来明亮的眼睛

因此看不见泉水中

月亮的影子

在琴弦哭泣时

阿炳流的泪

其实最多

夜访南社诗人

诗人的故居止于西塘
白墙、黑瓦、红鱼依次浮现

夜风经行天井
穿过阁楼，穿过听涛轩

在我对面，诗人心潮起伏，可我什么也听不见
在江南，在巨大的涛声里
我正在被时光铜铸

送别

电影《芳华》插曲录制现场
单薄、多情的朴树在试唱《送别》

我很少看电影，据说故事里人心险恶
但我深信歌者的善举
紧抓麦克风，整个身体在抽泣中
和麦克风支架一起颤动

将自己置于险境，置于一场风暴的中心或
创作者的中年危机；而诗人的困顿、窘迫
除了树一样简单的拥抱、鼓励
我们之间还有什么比这更珍贵的礼物
值得相送？

湘西，湘西

千山鸟飞绝。不绝的
是山。湘水以西，草一样不绝，摇曳着的

还是山：它们长在月光里，开在背篓里
被当地人唤作白芷或湘莲

叫白芷时，它女人一样答应，它是魅惑人间的狐仙
叫湘莲时，她低头不语，她是采药人的女人
溪前劳作，云一样在湘西走动

送寒衣

在康平路、天平街交叉口等红灯时
我想了许多，想在今夜告诉失散多年的亲人：
游子对故土的眷恋如子夜的黄河，
低沉、平缓、被建筑物压制，接近呜咽；
告诉他们，为什么我总是趁着夜色，一次次
和熟悉的建筑物告别

现在，在被建筑物包围的地方，面朝北方，
我缓慢跪下；先拿出一沓钱，替破产的
耿直的祖父还债；再给裹足的祖母
买雕花点心，给哮喘多年的母亲看病，然后
给坡前内向而善良的父亲买上等烟卷，余下的
留作自己今后返乡的盘缠

手里的钱越来越少，想说的话却越来越多
跪在空旷、温暖的北方，我一遍遍叮嘱亲人
好好照顾自己，多添衣，小心着凉

唯独忘了告诉他们这些年我的遭遇

直到花光了手里所有积蓄，直到月亮

升到北塔湖上空，照亮冬初的一片浮萍

京星农场

标准的京腔里
我还是分辨出了
他们作为知青的身份

和当地人不同
更多时他们保持着知识分子的矜持
在秋分日，将大地分为两部分：
黄河和黄沙

燕窝

准确地说，燕窝不是女明星的补品
而是另一个女人的归宿

她在城中村里颠簸、流离、居无定所
山里人都喊"燕子，燕子"
可她从来也没有飞过

燎疳

正月二十三晚上
人们一团一团
在火堆上跳过来跳过去

林女跳不过去
只好一瘸一跛地
往火堆里添草
帮村里的人燎晦气

寒蝉

蝉的一种。又称寒螿、寒蜩

较一般蝉为小

青赤色，有黄绿斑点、翅透明

度娘这样说。我看到的寒蝉

也是这样：单薄，渺小，赤裸上身

没有胳膊。脚边的塑料袋

在风中晃动

像刚卸下的翅膀，孱弱，空洞

不远处，它的老娘

另一只蝉

低微地跪着

在深秋的早市门口

不停磕头，不停悲鸣

行行好，行行好

天凉了，围观的同类

越来越少。它们不懂诗意

只知寒意

化蝶及其他

在飘满纸钱的天空

两只名叫梁山伯和祝英台的蝴蝶

相依而舞

然后美丽而沉重地栖于

小提琴的肩头

那些音乐和诗歌

为此夜夜失眠

物价见长

地皮见贵

流离失所的蝴蝶

何时才能找到

回家的路

呼救

冰箱里，那条鱼在清晨
瞪大了眼睛

经过了漫长的黑夜
它竟然一直醒着

没有呼救，也没有
一滴泪水

草帽歌

又一顶帽子。椭圆、铜锣一样的
草帽，戴在女人头上
头与帽子接合处，被一片墨
重重隐去

庄稼是模糊的。伤了无名指右手
紧握鹤嘴镰的母亲
僵硬地站在贺兰山下

午后的阳光，正把镰刀发烫的影子
深深烙在
她顺从的下垂着的右手背上，像一块战争留下的
无法愈合的伤疤

沙渠村的布谷鸟

布谷鸟，在黄昏的林畔鸣叫
这里早就没有庄稼了
它还是每年回来
叫上一声

像我，每年都会回到乡下
在村口站上一小会儿
一小会儿

第三辑 足音记

贺兰山

刀剑如虹，箭镞如雨，爱妃

散如齑粉。王的眼里，墙的崩塌，和城池的沦陷

没有两样

只是换了人间。虞姬还是从前留意过的女子

宽大的粗布披风

掩饰不了故国的尊容，只是换了人间

换了人间，换了名字

唤作贺兰。打柴时这样叫，起兵时这样叫

绝气时这样叫，日夜这样叫，叫得牦牛塘起风，战马嘶鸣

针叶林揭竿而起

贺兰，贺兰

一只黑鸟
在牦牛谷盘旋

它在鸣叫
似乎在低唤
一个女人的名字
贺兰，贺兰

在贺兰山，有许多寂寂无名的植物
它们经历了五千年风霜
已经变成了
另一幅岩画

靠近这些谜团一样的野花
我企图读懂大山的内心
它们总是惊恐万状
迅速地躲在岩石身后

然后拔出荆棘的刀剑

贺兰，你这苦命的女人
该用怎样的惩罚
才能让你相信

我就是你前世的那匹马
今夜踏着月光
我又回来了

兔儿坑

白云岩和针叶林冲突、空出来的地方
高峰浮现、补偿；背面的小片森林模糊
略显神奇，笔迹未干的墨绿
或是流云，无意中投下兔子的身影

无意中的一次用量，加重了西北地区的荒凉
天空似乎可以动用的，是钛白
而不是风和秩序

椭圆的薄薄的叶子在头顶"沙沙"作响
猎户靠在一棵钻天杨前打盹，树长在
一只白兔必经的坡前

雷声高于钻天杨。有一阵，它盖住一位微醺的
中年人的鼾声。我想，这大概就是
人们所说的天意

行走在高原上的羊

高原上的羊

正走向另一座高原

经过草地时

留下了散漫的蹄印

高原没有风，也不需要风

云带着羊一起移动

它们一路无语

沉默中传递一种

转山者的眼神

岩羊

卧在我的正前方
青褐色的身体
保持着岩石的秉性

它的嘴巴在动
咀嚼干草
咀嚼水草肥美的往日

我坐在早春的坡上
注视着岩羊
我的嘴巴似乎也在动：

岩，岩石的岩
羊，羔羊的羊

谷底所见

我跪着
跪在谷底下喝水

贺兰山没有风
不！风也跪着

大寺沟

在大寺沟，我枯然而坐
一只岩羊居然尾随至此
隔着小溪
与我相望

尘世太静。我们谁都没有说话
它在饮水，我在走神

后来，它接近一块巨石
我起身，似乎要开口
它一闪，消失在了岩画里

我原地坐下来。打磨自己
就像打磨石头的表面

野核桃沟

整个上午，我被沟畔的野核桃树和

废弃的圈舍包围、感染；也许，该叫它遗迹

更有诗意：炊烟升起，沾着瓦片和柴火的潮气

屋前和屋后布满了羊羔

星星点点的蹄印

那野核桃大小的嘴巴

定是饮过整条沟里所有叶子上的露水

那些被啮食过的植物的周围

长满了荆棘和谶语

此刻，世间所有的印迹

都有待眷顾和认领

在坡前，我怅然徘徊

巨鹰盘过头顶，夜晚降临

贺兰山在弯月下散发出淡淡体香

水经注

对山水，文字究竟意味着什么
比如流水，自绝壁的罅隙
渗出

飞泻、突奔，似乎只是
硅质白云岩横断面上的一次冲动
而我们根本来不及记载和传颂
水被无数次流放，无关地壳运动，无关
词句构造和一次死亡需要的落差

冲积与平原有关，而洗刷事关一个人的立场
一百米的长卷，需要努力克制内心的动荡
在谷底被水掏空的地方
我常常这样想

桃园记

从山上下来

途经一片花海

妻说那是桃花

我便挨着桃花坐下来

心怀喜悦

整个下午都很安静

我就那么坐着

挨着桃林坐着的

还有身边的石头

它们寡言少语

其中的两块

像我结义多年的兄弟

贺兰山野花

在岩画里摇曳——

古老的风
顺着同一个方向吹

地衣

晾于石上的薄衫
留有体温

她在溪边揉搓
两岸的桃花

就此聚拢
碎于水面

苔藓

我更愿意相信
这是隐士的名字

他毕生在石头上创作
画上炊烟，画上伤痕

写上归期。唯独不留
自己的名字

黄芩

紫白相间的花，六朵
在风中摇曳

六位佳人，流落北国后
抢着说

我叫黄芩
我叫黄芩

蒙古野丁香

没法子，她是个野女人
喜欢流浪

一袭粉装
紧握刺刀，依风摇曳

顶羽菊

一支，两支，三支
三十万支利箭
穿透夜空

她叫菊
是王的女人

牛角峰

终被护林员在半山腰拦截

他把我当成了盗牧者

我们在十月的坡前对峙

水草摇曳，那是夏天边塞诗里的景象

现在，我们在据理力争

谁都不愿意为干旱和一头牛的

死亡负责

套门沟

城市的门槛有多高？

雾霾里，我一直反问自己

我找不到因绩效而高速运转

或闲置的写字楼

开采和开发，对于一个家庭

对于一份即将摁上手印的购房合同

究竟意味着什么？

贺兰山空旷的戈壁滩上

四条矿车的专用路

蚯蚓一样困惑、挣扎、爬行

岩羊

野核桃沟坡前，我用心听朱哲琴唱歌

几位游人围住我

将我围在一段断崖前

他们一定好奇

为什么人类可以和岩羊一样停歇

这时《天唱》里传来惊雷，紧接着

是风暴

紧接着有人陷进去

而我岩羊一样迅速抽身、逃离

贺兰山

我们的父亲

其实没有想象中那样坚强

但我们爱他

爱他的高大，爱他的荒凉

还有他

卧病在床时的模样

白羊草

无名高地前
一座茅屋为北风所破

北风吹，吹起一场白
白白的一片

白羊草下面是茅屋
是圈舍。我挚爱的亲人
正为一只羊羔接生

炊烟升起
云朵也升起

槐花

三年前在通往矿山的路上偶遇槐花

我以为她只是众多矿难家属中

普普通通的一位

直到午间休息时恍惚间山谷中有人喊

槐花——

槐花——

我才知道，它不只是

一个女人的名字

枯树记

针叶林里，细到一根线、一条路
在贺兰山都有妥当的安排

松塔，一种类似纺锤的昆虫
正有组织地穿过枯水期的河床

雷声远在天边，保持一块藻灰结核白云岩
应有的姿态

树根青筋一样暴露
那是秩序，是物质的宿命

枯树缓慢倒下前
以隐蔽的方式和大地诀别
接受皮鞭，或是闪电

崖边的枯树

路边的枯树

俯下身，空荡荡的一只手

伸进大寺沟

摊开的另一只手

努力表白，以获取

内心片刻的安宁

我常常想

为什么它递过来的石头

一次比一次少

在山里，我是迟钝的

没有找到斑子麻黄、棘豆、单小叶棘豆、麦瓶草
再找不到就没机会了

稀花紫莲、翠雀花、紫红花大萼、铁线莲、
大叶细裂槭 、丁香，正在变种
消息需要有人带出深山

我脱不了身

青海云杉、油松、灰榆、山杨、虎榛子、杜松
更多的力量将我包围

星辰正从西面的坡上撤退

来不及走的

留在人间

它们和我一样

身陷荒草，被风追赶

笔架峰

我确定这里
是递交战书的现场

笔架峰前我低头研磨
不见大笔落下

落在纸上的
是雪，是月

莲花峰

正在枯萎的，不是莲
是石

我滞留天涯，似石
爱上这
旷世的衰败

问石

我走遍了所有的峡谷
问遍了所有的石头

但至今无人告诉我
我究竟是你
凋零的哪一瓣

为何尘世如此坚硬
我却如此柔软

天涯

每次上山
我总会带上一块石头
在山顶轻放，枯坐
心里暖暖的
暖暖的，被石头包围

这里多像远方啊
而我坐在石头的对面

仿佛另一块石
被风吹到了天涯

另一种苍茫

一瓣，一瓣，莲在凋零
莲在死亡。我在它的身边
不能叫，也不能喊

峰前的那只羊
缓慢地将清香埋葬
然后，静默如石，将凄美站成
另一种苍茫

莲花峰的乌鸦

第一次写到黑夜，和黑夜里
索居、孤僻的飞禽
在莲花峰遥远而深邃的天空
它偏执地滑行，无意中露出了
鹰的特征

如果是冬日的午后，那小小的身体
会落入山间，比如一块顽石上
加深人间的寒意。如果你是风
正好渡过，是不能忽略暗处
夜一样闲置的披风
和一段即将坠地的、古老的
呱——呱——

风吹石堆

在无名高地，石头
越堆越高
高过群峰，高于凡尘

我在石堆前枯坐
不能说出石的孤独
无法说清石的高度

起风了。风吹动无名高地
我一动不动，只是枯坐
仿佛被风吹着的，不是自己
而是无名高地前的
一块石，一块碑
无名，亦无姓

风吹高地

那年我一个人进山

身上只有一瓶水

穿过笔架峰

要到对面的高地去

穿过树林。树林是寂静的

阳光是寂静的

照着石间的枯草

它们是一群束甲的战士

不甘心平庸

不甘心就此死去

我也是寂静的。这样想着的时候

身边正坐着一群伙伴

有人递给我食物

我欣然接受

我们坐在一面坡上

坡没有名字，高地没有名字
我们也没有打听对方的名字
只是一起坐着，说着

说着，说着，就起风了
花瓣飘荡，雪花飘荡
恍惚中我浮在半空
这时风从笔架峰出发
向无名高地走来

英雄

我从无名高地
站起身，群峰跟着
站起身

风也站起身
整戈待发，它是另一位
无名英雄

贺兰山的酸枣熟了

出了大寺沟
夕阳开始坠落。熟着的红，在坠落
一些被植物接住和托举
暗淡、饱满，一树一树的
支撑着西面的坡

持枯木者深入暗红
敲着树枝。枣树不动
它一动，整个秋天会陷入
酸楚和疼痛

冬日的戈壁滩

放大它，就是放大
押解他的十六个黑衣差人

就是放大戈壁，放大一滩
慢慢失温的血
夺妻、灭门，被流放

暗红的心在刀尖上轰然颤动
而正被牧人讴歌的
是末路英雄酸枣一样被风干的心

小白塔下

真的适合一个人

诵读风声

山顶与风有关的事物很多

比如这漫山的石头

它们多像风的文字

碰撞中

一遍遍雕琢风景

有时我希望自己

就是那块顽石

在风的启发下

阅读空旷

石堆里冒出的烟

在大寺沟

一缕烟吸引了我

两位农民工

正在熬罐罐茶

他们招呼我喝茶

我坐下来

坐在下风向

他们一边往石堆里添柴

一边安静地喝茶

听着他们喉头"咕咕"的声音

和浓浓的乡音

我真的希望就这样坐着，坐下去

这样想着的时候

石堆里冒出了一股烟

熏得我泪流满面

摩崖石刻

绝壁上数不清的伤痕

从天上裂到地上

善良的种子

将碎花和枝叶

留给后世

不知名的松鼠和雀儿

在壁前逗留

在庄子的午后

流水停止了远行

冰的内部

书卷在绽放

两年前的冬日

也是这样的一个下午

我在裂缝里绽放

深谷里，简易吊床上诵读的老妇人

正将床底的食物

仔细分给

三只来自绝壁的岩羊

人间四月

老妇人正准备着午餐

她笑着说

今年七十多岁了

经常一个人来大寺沟

选择两棵树

把床吊起来

吊在溪流的一侧

记得第一次相遇

她躺在吊床上朗诵

很悦耳

书被风翻动

她忘了拢住头发

雪白一片

"我躺着，它们就过来"

她这样说着

似乎正在被说起的不是岩羊

月湖亭

西北风突然停止了

对岩石的侵蚀，来不及驱散的

云的散兵游勇，在峡谷深处，被雾霭收复

留在薄雪地里的

昨夜徘徊的智者的脚印

令人惆怅

在这叫月湖的透风的亭子里

月光凝固在冰面

池塘西北角

楚国的一片衰败的芦苇荡里

浮动着暗黄色的盔缨

古水关

我的战衣、书信和枯灯
没有风化。除了阳光，
午后能触摸的熟悉的
需记下

裸露出岩石的棱角和锋芒
一次次面世，一遍遍
被驳回

江山不认我了
唯有古水关这架桐木古琴
识我喉咙里被冰封的语言

牧马人

战马

朝一个方向迁徙

据说那里有大草原

那里是祁连山

年轻的牧马人脱离了队伍

独自留在被废弃的要塞

在一个叫镇北堡的地方遗忘、终老

远山

我起身，掸去身后的尘土
这个举动
让山下的自己吃惊

从未到达过峰顶
为什么那么多尘土
从起身的地方

宁夏平原上的日出

在信号微弱的地方
怀念故人

她被众人围着，一口热血从她小小的躯体内
涌上来，喷到扇面上，被八点的橘色稀释

这个时间，所有的新闻、热点
都喷薄而出

在宁夏平原上空，雾霾扯起了巨大黑纱
我目睹了香君悲愤、吐血的全过程，侯生一样跌坐山涧

韩美林艺术馆

边地这些零星的符号骨头一样
等后人来辨认

吹开浮土，小心放回原处
在无风无月的夜晚

一星儿磷火，就可以
将它们轻易点燃

谷底

遗落在石缝里的树叶啊
这些无人整理的经卷

我捡起带有潮气的一片
闻到了腐朽

而那些正在脱落的内容
被阳光照耀

贺兰山的风

以风的名义
给一朵花命名
这朵花就叫蒙古菊
以风的名义
给一匹马命名
这匹马就叫它贺兰山

更多的时候
风是无知的
比如：它把贺兰山一分为二

还有那些刻在
悬崖上的绝情的暗语
皆出自风之手

贺兰山东麓的一个黄昏

我享受这个过程：

以植物的身份进入土壤，雪白的车子

陷入寂静的戈壁

该动用哪些色块？缺水的西部

白茅草和芨芨草的表现有什么不同

乱石与乱石空出来的区域

是否需要荒草铺垫和过渡

更多的草没有名字，焦黄、古老

在无风的旷野撑起天空

散淡中的绿意善良、不经意

在贺兰山的黄昏里，在被轻轻摇动前

小小胚胎，保留着葡萄暗紫的胎记和

一点点糖分

六盘山

六盘山　很高

折断过飞鸟的翅膀

在这个高度

历史的根系深入黄土高原

清晰可见

许多珍贵的日子

辉煌着山丹丹的记忆

那些远逝的足迹和声音

令我们为之感动

我们于是感怀于一种音乐

它使我们的生命平实而饱满

流行乐挤进了城市

清平乐仍留在六盘山

清平如故

和美如初

我们感谢

那个高个子的湖南人

用长缨丈量了六盘山的高度

这使人们懂得

没有翻不过的大山

没有趟不完的险滩

天门洞

父亲寡言少语

一辈子只重复一句话

会哭，一只眼睛也能流泪

望着飞泻而下的瀑布

在湘西我突然想起了父亲，想起了

他的眼睛

天门山的树

近天处，石头缓慢抬头
墨绿色的苔衣战袍一样被风吹动

此刻，一棵无据可考的古树
死死按住一场暴动。自天门山的一处缝隙
我发现更多的石头从四面八方赶来
正无序地加入了进来

其中两队人马打在一起
空出来的地盘上长着数量有限的树
它们显然势单力薄

五更山

暖暖的炊烟，结霜的瓦片，隐在

树里的月光，破碎的犬吠

马厩里打着响鼻的牲灵，村口飘满

柳絮的水面……后半夜，在山脚下

静止。唯有起风，它们才动

水面、牲灵、黑犬、月光、茅屋，还有被霜

扣留刚刚释放的飘过瓦片的炊烟

以及灶台前被烟呛出的泪花

只有女人才有的泪花

泰山

泰山顶上的老妇

一边包韭菜饺子

一边和我聊天

她说家住后山

我想那应该是另一座山

高于泰山

我想说的那座山

在湘西，说山时

说一根，而不是一座

似乎山很轻，很细

如背篓里的小木棍

被阿妹一根一根

放于石缝间

第四辑　北地谣

霍去病墓前

铁骑疾，披风的褶皱

随祁连山起伏

狼烟比烽火直白，但无法划清

仇恨的界限

犬戎、匈奴以及

死者模样，来意难辨

裹伤

战斗在丹和淅打响

沙场上，最响的是杀声和铁器

冰冷、猛烈，相互碰撞

生命猝不及防

年轻人前赴后继，挨着倒下

倒在汉中，倒在蓝田

倒在回家的路上

一位老人，战争的

幸存者，"颜色憔悴，形容枯槁"

在江滨反复练习

练习如何遗忘

而我需要练习的，是用粽叶

一层一层裹住五月

就像历史真的忘了

黑与白、爱与恨一样

一只来自北魏的蚂蚁

终于在此相遇了
一千四百年了

你还是老样子
急着躲闪，忙着逃生

在须弥山的英砂岩阶前
我给你让道，你并不道谢

我们忙着赶路。似乎这里的一切法于自然，一切
自然而然

须弥山博物馆

消过毒的世界

干净了

丝绸古道干净了

远云浮在半空，安详，透明

来自他乡的人们

面无表情，却有着相似的悲悯

驿站门前，第三次洒水

在高平城，这是很平常的一天

过高平

手持旄节的汉中人，少时的同窗
如今已经鬓角发白了

如果我不主动搭话
他肯定认不出我

——我啊，已经被流放了
整整两千年

北地

我尝试忽略、妥协、退缩、逃脱，
尝试恢复一块石头的原貌

在脱离工业时代模具和轨道前，
尝试忘掉身上的标签、计量单位

然后回到大山。每一步，无关方位，
也无数据，足音所及，皆无空谷

我牢记这个事实：在北地
一辆小型履带挖机掘进的速度惊人

被它取代的一百位父亲的双手
正成为伸向寒潮和天空的水泥雕塑

此刻，我独立垭口，再次以石头的角度
测量边城赋父亲的尺度和尖锐

画梅

紧要处一定要慢收，乾坤已然明确，人间
尚欠交代

圈点。墨与冬水的极限、推演
此间只剩圈点

月在浙东，梅落纸面，这值得被歌颂的
黄金分割

虚构的，意念中的香，被植物小心托举
一些高过月光，定义为梅

梅屋记

不经意，就触到了小院里
古老的潮气

霉味的挥发，经过梅屋、虬枝、九里山
还需不短的距离

枝条，符合世俗和画梅的章法
自寒窗长出，这寒流的载体，这失败的落笔

多余的墨不能浪费，少许冬水，充分稀释，
想象中自己被推高、推远，弯刀一样，深入白夜

长城遗址

骆驼岭一个人坐着的时候
我望着西南方向发呆

三关口早已被边塞诗人虚构
（设若从长城、外长城的位置判断
地理意义上它是多余的）

而赤子的血的回光正顺着页岩毕露的山体缓慢下沉
直到有限地弥补了一块青砖模糊了的颜色
如灵柩最后一道无人验收的工序它才停住

石门关

又一次叩关。月牙如刀，铁骑如风
分不清是叛军还是异族

守关之人从我的角度
判断来敌的意图

在西域，在唐朝，居然找不出一副像样的望远镜
我们只好带着敌意，目测浮土

骆驼刺

群峰躺在夕阳里
死一般安静

在平原我望着群峰
它们一动不动

或许它们真的死了
死于一种致命的植物

榆林

我不能回头
榆木一样，随着曲折的人流
出票、检票、抬腿、上车
不回头，不挥手，不说再见

车站黄土城墙不远处
姐姐紧抱身边的大青砖柱子
抱着榆木，抱着我

临夏

接近一朵花，一朵

开在木头上的花

接近故乡

在那里，你我都背手

身后握着一把

生锈的刻刀

眯眼看花

在失血的午后

夜宿临夏

我睡得并不踏实
夜里总是惊醒

直到月光下穿过活畜交易市场
到另一个地方去
它们朝我"咩咩咩"叫时
才松了一口气——

它们还在，在星空下
云一样干净，云一样等人

带它们离开
到另一个地方去

陇南

后半夜，我推开高处的小木窗

傍晚遇见的小溪在流淌

现在我看不见它

但它还在流淌

来自不知名字的高处

后半夜，除了小溪

许多未知的事物

正在陇南或更远的地方流淌

夜过壶口瀑布

另一群人也在赶路，自山河一侧
土样漫过

稀薄的唢呐声中
祖先脸上层层下沉着
土黄

黄河

河床上散落着失败之诗
这些等待动用的汉字
冰坝一样堆积、阻塞

在凌晨。我无法描述对面的一条
叫苦水的沟；只好一次次在灯下撕碎
雪白的纸

在凌晨，我又一次念及你
原谅我吧，母亲，其实我并不是一个
善于表达的人

夜游黄河楼

男子打猎归来
一个扛着猎物
一个扛着古铜色的双叉

跟着他们
我来到了青铜时代
女人怀里的孩子无忧无虑
对女人以外的世界
一无所知

荷塘

汴河边的一只白鹭

引颈西望：瘦金的身体，斜立于

北宋的纸面

这是宋徽宗的秋天

荷叶和去年那样

正在九月做最后一次舒展

北风吹皱整片池塘

午后的藤本植物们脉络

愈发清晰

冬日的荷塘

残枝进一步模糊乌江与彭城的界线
琵琶凝噎，熟悉的杀气顿失

乌骓再次跃身，疲惫中
从战国的薄弱处，尝试突围

《史记》中记载过的那片青铜铠甲
残留在这个冬日的午后

盔缨，芦苇一样高擎
楚地无风，冰面下传来
热血一样的汩汩之音

腾格里

炊烟、毡房、羊羔和夜色，草原能包括的
还有夜色中悄然移动的沙尘

野草像被豢养的狼群
早已失去了进攻的血性

篝火旁，我们守着一堆堆苍凉
在腾格里，我们正在被深夜埋葬

送寒衣

那么多失去身份的人哪
挤在一起取暖

火堆边
深埋愧疚的脸

被雕进墙里的青马

它竖起耳朵

分辨主人的方向

每扭一次头

缰绳从砖缝里进去一部分

如果没有响动

它就是缰绳

留在墙外的一部分

萧关

在萧关，得学会分辨：

大漠和孤烟，长河和落日，战袍和刀剑

山水冰冷，沾着霜

唯有诗人抚摸过的酒壶尚有余温

扎尕那

经过磨坊的，除了山泉

还有牦牛

它来自某个地方

不知道要到哪里去

它走在雨中

身边的卓玛也走在雨中

他们之间没有过多的交流

只是一起走着

走在深秋

藏兵洞

烽火连三月

土洞藏得下

一个个阴谋诡计

却藏不下

一具铁骨和

一封家书

朝那湫

没有风。两座城正在交割一段坍塌的土墙
野云一片，在浅红色的地方，浮现

没有过多的客套，如朝代的更迭
忽略了宫殿和砖瓦的残片

而烟火是需要的：我们靠它
取暖、繁衍和纪念

安西王府遗址

至元九年，一位善良的工匠

爬上杏木搭就的框架，眯起左眼

为高平郡校正墨线

秋雨淅沥，但很快被 1306 年的那场地震淹没

我的姐姐从博物馆的废墟里走出

带着陶俑的表情

对象

在山东，第一次听说
夫妻互称对象
觉得亲切

同样，寿光的农妇
面对吊在门框上的对象
她也感觉亲切

她的对象似乎并未离开
只是僵硬在黎明里
像这个家的
另一扇门

孔府

往返于孔府的外国人

和我一样

在古树前呆立

我们在发呆

一待，就是五千年

梁山

车过梁山，路遇水浒大酒店

巨幅广告牌，像酒旗

凝固在当年的景阳冈地面上

壮士亦如当年

胸脯阔横，话语轩昂

走进店来，把哨棒靠在一边，叫道

主人家，快拿酒来吃

聚义堂

一根漆黑的大柱

挡住了武松的视线

每次听哥哥发号施令

他得微微侧一下头

这样才能看清楚卢俊义和吴用的表情

我坐在柱子后面

从武松的角度判断

聚义堂里正在发生的

所有事情

植物

在梁山，植物总是先于英雄落草

它们不需要座次

每个名字，有每个名字的故事

茑萝，斑地锦，杠板归

商陆，地黄，龙葵，酸模叶蓼

还有风荷，深陷秋里

不想出淤泥

也不愿被人招安

梁山的兵器

丈二梨花枪，三股金莲叉
烽火狼牙棒，水磨混铁禅杖
许多兵器，仍能叫出名字

一件件从南方运回来
被运回来的还有英雄的战马

一些在梁山的西坡吃草，另一些
被游人骑于胯下，目光黯淡

济水散记

武松死后，被埋在
杭州。他习惯了在西湖边打坐
我在梁山兵器库里看到的
只是血迹斑斑的文物
并非武器

大地

大地老了
在它的对面，我暗自流泪

如果它死了，谁来叫醒沉睡的村庄和
来不及跑掉的森林

南梁农场①

天阴沉沉的

农人指间的烟

被风抽走

渠坝连着贺兰山

山下是戈壁滩

与其相望的是草垛

草垛前，我望着农人发呆

他们坐在芦苇里

芦苇有了倾诉的对象

年轻的张贤亮坐在他们中间

盘着腿，注视着打草机

退出稻田，退回南梁农场

———————

①南梁农场，位于贺兰山东麓，张贤亮先生曾在此劳作。

指间夹着农人递过来的

半截旱烟

镇北堡

粗黑的电线杆

拉扯着五六根电线

一起风，电线和电线杆摇摆

银川汽车站摇摆

我跟着摇摆

当年，我攥着父亲从乡下发来的电报

站在电线杆下

望着银川汽车站外的银川

摇摆不定

马缨花

街上熙熙攘攘

听不清他们的对话

他们用方言

含混的比划或是应答

马缨花挤在人群里

右手轻搭在

黑袄人的肩头

那人浑然不觉

茫然的站着

所有人都站着

北塔

在夜里，他和风说话：

我看见了故乡

我听到了蛙声

手握空杯，落魄的样子

看起来更接近诗人

北塔公园

二十多年前，这里还是郊外，还是村庄
我们骑上自行车去看彩虹
绕着熟悉、泥泞的小路，蛙声四起

芦苇荡里，来不及调和的，一片霞光
并不耀眼和动荡，丹青者驻足、迟疑
最终被涂了上去；绚烂的颜料，以夸张的方式
占据整个画面

现在，很难见到有人在晴空下
面对雨后的池塘，一边感慨，一边在傍晚打开
丰富的想象

当年彩虹下的土墙、池塘、村庄早已模糊
钻天杨包围的区域开辟成了灯光球场
灯光扫射着我，扫射着我面前的塑像：

他距离我遥远，整个脸部隐藏在过去

他的村庄一定细碎、美丽

今夜，他在公园，在曾经的村庄里休整

手里是冷兵器，身后是客房，远处是北塔

更远处是漠北

永清湖

窄窄的、坟茔那么大的地方

正好容纳一位洁身自好之人

春天迟迟未到

细密的树枝正往下撒土

湖面有风，缓慢而有限

还没有到达我们曾经提过的那面坡

就被脚下的土层

充分吸收